歌集

〈理想語辞典〉

山中もとひ

現代短歌社

序

この度は山中もとひさんが、平成二十六年第二回現代短歌社賞の次席を受賞いたしました。テーマ〈理想語辞典〉三百首。応募者としては、厳しい選考です。

「いつの間に?」と訊ねますと、「落ちると恥ずかしいから……」と、五十余歳にして少年のように小さく笑いました。

こうして『〈理想語辞典〉』と名告って山中もとひ第一歌集が出来上がりました。

〈理想語辞典〉連想語辞典をよみちがえしばし思えり理想の単語
歌人《うたびと》がひとり増えました。

平成二十七年

山埜井　喜美枝

〈理想語辞典〉目次

カバー写真「梅雨明けの耳納連山」中野裕

〈理想語辞典〉

I

春

個人的なピリオド

愛情の波及範囲《キャパシティー》はどれくらい霾る街の空の低さよ

刺すごときはた抱くがごとき春のあめ嫩葉双葉がゆっくり伸びる

山躑躅つつじの色に山肌の染まる頃かな嫌いはきらい

白昼のゆめのごとくに夜の夢まこと夜半には発光する猫

買ったきり行く方《かた》知れずの剃刀が夢に出てきて夜《よ》を睡らせず

秋よりも春は懐かし吾の産まぬいのちここにも生るると聞けば

どうしても思い出せないそのひとつ宇宙遊泳のキックのコツなど

収まりの悪くて重くはない荷物かかえて歩く心地いたせり

小手毬は四月の風を遊ばせてゆわわんゆわん揺れる揺れいる

個人的なピリオドのよう出会うたびちょっと躓くその事はある

寂しさは生れつきです本ひとつ雲ひとつ持ち駅に到れり

鶴亀算

春あさき朝間ひと無き畳屋の鋼鉄《はがね》の機械まだ働かず

花の下車座になる若きらは会議するらし作業着のまま

咲きさかる桜に万のまなこあり視線《まみ》の深さの花翳りかな

この冬を生き延びいたる縞猫が溶けたるように日溜りにいる

かあいいわァを公表しつくすネット動画ピンクの闇は世界を覆う

グーグルに探す去年の藤の花失せたるものをあると云いはる

わからないもののひとつに鶴亀算なにことさらに脚を数える

「ありがとう」の効能是非を吟味してやおら乗り出す男は難儀

ひさかたの光通信召せという電話の声のたずたずしき　春

行政の質疑の電話の声嫩《わか》し国の微《ちい》さな歯車動く

巷間を歩みて悲しどの窓もひとつひとつの空間を持つ

地下鉄に睡る青年は傾きてモディリアーニに似たるその頸

福岡市市営地下鉄座るべき人型模様の〈おもいやりシート〉

昔馴染み

降り初めの少し汚れた雨粒が窓に残した謀叛《むほん》の合図

雨もよい雨の邦なる雨の季《とき》水の色した花と草木

白梅の毳だつごとく咲き初めぬほんに雑なる立春の庭

さわさわと塵芥埃を掃き出してかつて私や猫でありつる

電柱の上に巣籠る白鷺の意外に狭い人の世界は

地と水と空気を汚すにんげんのひとりは食うぶこの卵飯

錆び果てて弊衣にも似る鎧戸《シャッター》か今日かの人の一周忌なり

椅子の背を反らして見やる窓の外《と》の昔馴染みのような横雲

鏡もて己れ見るとき背《そびら》には余人も写ると宣らせしよ師は

この器量ほとほと狭し敵さえも一人《いちにん》ずつしか受けとめられぬ

堂鳩は漏斗の形《なり》に着地して尾を振り歩むとてぽとぽとてぽ

為にする読書はもはや止めるべし視る人ありて見らるる桜

人類の背中

田の上を縦横に飛ぶ蝙蝠にけして超えざる結界のあり

鳰の仔のまだ頸細き姿して一気に潜く春の池水

「亀」と呼ばれ泳ぎを止めるミドリガメ大池澄みて水の清らか

三月の桜にきりきり舞いをさせ冬日夏日は日替わりに来る

午まえの電車に女の多きこと高架は花の上を過ぎ行く

夜のうちにしとど花撃ち雨は降り花の薫《か》みちる朝の舗道《いしみち》

春のはな種ぐさあれど一枝とて同じ色なき若葉のみどり

地に落ちて花弁の白の自己主張皐月朔日雨とはなりぬ

あわれなるまでに枝打ちされた樹のみっちりみっちり葉を産む五月

人類の背中さみしき晩春や一人にひとつの未踏の時間

ことさらに顔をこちらに運びきて納まりかえるを猫と云うなり

何もかも短歌に掬いあげたので春の世界は空白のしろ

架空の手紙

猫の鼻あまり冷たくない朝買いにいでたり春の絵はがき

出た道を辿れば家に戻れると信じているから買い物に行く

電柱の陰に日を旧《ふ》る自転車に目撃譚を問い質したり

ぬばたまの嘴太ならぶ道行きて品定めさるる黒き眼《まなこ》に

渡るかもしれない人のためにある歩道橋をひとり渡れり

あるときは斜めに生きておもしろし御笠の川みず浅く流れる

もの想う誰とてなくて卯の月の列車の席に深く睡りき

交叉点に立てば彼方を仰ぐ癖ただ平凡な水色の空

四ツ辻の風に揉まれて佇つ若樹いやぬけぬけと吾はもの云う

撫でられて悦に入りたる犬に似て嬉しき言の葉抱いて歩めり

雑踏を財布を忘れた身で歩く何も購わない自由さで行く

外出《そとで》して家を思えば家ぬちに私を待ちいる架空の手紙

春疾風小雨混じりの日の暮れにやたら丈夫な傘と戻りき

後ろ手

吾に似ぬ幼きわれは草に座し吾に似る父かたわらに笑む

故郷の忌にひとり来て小さき市に小さき包丁購いきたり

青鷺の翼を閉じた後ろ手のどこか消沈しているところ

蓮華田は父を思わす連れ立ちて道の辺行けるひと日ありしを

春靄にとざされ世界はせまくなる猫の手種《たぐさ》の消しゴムひとつ

武藤寺《ぶぞうじ》の心の字池に小亀浮きさかんに掻けどいかな進まず

さきくさの那珂川渡る黴雨の日の雨に膨らむ川を雨打つ

池の辺の柳の枝を濯ぐ雨十方世界に水の満ちたる

ぴかりぴかり木漏れ日照らす老い三人犬は二匹に押し車ひとつ

木香薔薇《もっこうか》黄色くきいろく咲いたなあ今年の風がその上を吹く

藤の花まだ咲ききらずむらさきの翳りがほどの房の垂れたる

筍を購いきたれるわが夫が筍のこと話し続ける

難きこと多き世はそれぞれとして春は筍えんどうご飯

夏

そのほかの雲

遠山に神鳴り雲の兆しあり平行線もいつかは出会う

驟雨きて自転車を駆る幼きがことさら止まりて見る水溜り

なつの雨あがれば耀う大城《おおき》山洗いたての子供の顔で

梅雨晴れの東の空は明るくてわた雲きぬ雲そのほかの雲

雨あがり涼風くいっと撫でて行く今年初めて日焼けした肌

小指より小さき守宮も掌にとれば思わぬ固さの頭蓋持ちたり

そよぐ葉の端に取り付く空蟬の後戻りは叶わぬ約束

太宰府の字鬼《あざき》の面《めん》のバス停に燕来ており翻りつつ

きよらかな水に落とした金色の硬貨のような水無月の月

去年の夏風の奪いしむらさきの帽子みなみの海に到るや

三千年此処を動かぬ巨樟《おおくす》が葉を生み風生み禽を遊ばす

朝明けの清冷を得てまどろみぬ何か優しき思い出に似て

すれ違う風にも帰心あるような　たそがれ時に橋を渡れり

〈理想語辞典〉

〈理想語辞典〉連想語辞典をよみちがえしばし思えり理想の単語

長雨のあと鈴生りの無花果のおんなのひとにも迷いはあります

誘導棍斜めに差し出しはつらつと指示する女の警備服よし

窓辺より夏の街並み見ておれば路上に立てるわれと目が合う

「一生運転免許《めんきょ》は取らないわ」西洋朝顔《オーシャンビュー》の野放図な青

ふと人に呼び止めらるる心地して青磁色《せいじ》おびたるクレマチスの芭

尨猫は堅忍不抜の男伊達ついて行きたしわが尾を立てて

七月は七月の自意識乗る列車水城の杜の緑滴る

日本のゴジラは忠実《まめ》であるために紺青の海ゆ危機にはあらわる

影踏みは影に踏まるる他ならず雲に踏まれて雲の影踏む

人はいさ何かに向かい歩むもの向老期とう愉快な言葉

ていねいに包みを開いてゆくようなそれはわたしの残りの時間

尺四寸

親なくて生れたるものはかつて無しエッグクラフト専用卵

どうしようもないことだってある莪草はきっぱりと咲く十文字の芭

夏空の暮れてかわほりひらりひら百歳までのあと四十年

月ごとの予定組まるる介護保険予定どおりに生きなさいよと

緑鳩《あお》は水に映して胸の碧《あお》こきゅるうこきゅるうやがて飛び立つ

きりきりと捲く庭ホース縒れやすき「問題ケース」と呼ばるる老人

夏真昼かあああんと白い十字路に天地を忘れた人の手を取る

物干し竿掲げて駆けた人のこと　やはり笑って喋ってしまう

信じれば躯も若くなる話　八十媼ぴょんぴょん跳ねた

子供らの集うことなき夏休み納戸の布団はみな旧《ふ》りました

頭より尾の先までが尺四寸晩夏の猫は一文字に寝る

物語りひとつ聴き持つ両の耳皺やわらかく光りてあれば

麻張りの生成りの色の夏扇この日懐かしと想う日もがな

唐米袋

鉛筆が大事の文具であった頃あの子の掌にも芯の刺青

屋根越しにクレーンじっくり頸を振るふるさと想う夏の故郷

故郷はいつでも夏であるような畳の毳と入り陽の微塵

かの街にほかにも人のあるものを赫犬ボビー浮かぶ面《つら》つき

ああ夏は苔むす路地に温気満ちカンナの赫がなまなまと咲く

汝の知らぬ唐米袋という言葉糠と土間とのにおい立ち来る

オンリーさんは二階に住まう女の名と覚えし頃のカンナのほむら

わが窓に似合いのカーテン現し身のわれの持たざる西向きの窓

桟橋の戦艦だけがオプションです　瑠璃照り返す九十九島は

生きている猫は机上に狼藉す悲しき知らせは聞かぬ耳立て

人の掌に触るると魚は火傷負うかく宣いしちちのみの父よ

一木を音の凝りと思うまで蟬鳴き競う父の命日

いつもの人

星までの距離を測るとう物差しを持ちて地球の遥かな時間

眼のうちに住みつくひとつの蚊も読みつ「選択することが写生です」

寝る猫の息熱くして寄り添えば獣の夢が溶け出してくる

鋭く高く透明な音をひとつ産み硝子のコップが姿を変える

広辞苑の知らない言葉遮熱布にわれ庇われて何者なるや

樹の末《うれ》の凌霄花《のうぜんかずら》の残り花寂しいのなら降りてこないか

湯の中をわけて行くがに蒸す夜はクラゲの化石に思い到れり

御社の鳥居の奥の大椿蟬来て鳴けと枝張りており

戦ぐとは得心ゆかぬ文字である葉擦れやさしき八月の風

五月蠅なす荒ぶる雨の撃つ道をコンビニ弁当庇い走れり

つづまりは好きと嫌いでわけて行く獣の命夏服の柄

年年歳歳いつきゆくかなグリーンカーテンもはや日本の新たな儀式

着ぐるみを脱いだようなる夏の犬いつもの人を従えて行く

セックス

駅ビルのエスカレーターに運ばれて左右上下はすべて人の世

T字路に出るとき車をつと止めて見やる青年の視線《まみ》の鋭し

擬人法で語るがよろし〈はやぶさ〉の夢見る地球は千草色して

樟の葉裏葉表そよぐ下老い人若者メール打ちおり

仄暗き廊下に呼び出すエレベーター立方体の光は開かる

折り折りに可憐な音をつぶやきて生計《たつき》している機器のいくつか

あの家はなどに恐ろし幾日も自転車動かぬ庭の真中に

セックスを人前でしてはいけません花に酔う蝶電車のスマホ

何にせよスマホに相談する作法けしてふたりになれない二人

地球的視野は持たざる猫にして驟雨のときを昼深く睡《ね》る

ビルの間にひとすじ流るる川はあり人に見られぬ水の寂しさ

真っ直ぐな路地の門口入りかねて直ぐなるものは恐ろしきかな

メガモール二十四時間営業の神殿に似て禱る隙なく

秋

くしゃくしゃの

紅葉の里ゆ戻ればわが庭の一樹彩づくはっと色づく

鴇いろがすううと広がりゆくような水城防塁《つつみ》のコスモスの原

ああ此処に零れ咲くがに秋桜かげりとてなき余剰は寂し

精霊飛蝗《しょうりょう》のまだ幼きか壁の上に切り爪ほどの翡翠色なる

それぞれの奥処に闇を眠らせて秋天爽爽ビルら静もる

厭なものはお帰り願う蜘蛛の仔をそおっと突つく割り箸の先

小春日の大気はつかに鹹味おび銀杏並木に海立ち上がる

万丈の闇を隔ててあたたかし片頬のみで微笑む月の

霜月の巨《おお》朝顔のくしゃくしゃの萏の執念《しね》きを剪らんとするも

泥《ひじ》溜めて睡るいのしし拘泥はある時かなり温く娯しい

寝て醒める数は畢竟等しけれ始めに起きつ終いには眠る

勘違い

いろいろの問題おこる日本におんなじ人がまた答弁す

同年の部下を叱りし日の夜は猫を相手に喃喃とする

論争は頭上にいよよ白熱し間《あいま》の犬の鼻先濡れてる

風まきてふたたび兆す横雨か天を見上ぐる警備の三人

喧喧と女たちこそ喋る夢　醒めてなにやら心許なし

行き止まりは勘違いかもしれません鉄路はつくづく交叉している

カラフルな女の人だ長月の横断歩道をわらわら渉る

請求を三件出して台帳を夜盗のごとく閉じて終えたり

若きらは耳の後ろもいと稚《わか》く光を返すすべらすべすべ

はつあきの窓辺の卓に寄る人が位牌失せたる話をしていく

現し世に龍のあらわる長ながと身を横たえて新・新幹線

漢《おとこ》にも多弁はありぬ声高く雲梯のごときを連なり運ぶ

作業着を商う店に男来ておもしろげもなき買い物はすなり

鞦韆

いつだって正解ならば持っている出すタイミングを間違うばかり

鞦韆を高く漕ぎたることはなし何にかまけて時はすぎたる

五十五歳《ごじゅうご》は生くるも死ぬも不都合で公孫樹りんりん無慮に降り敷く

指先を切り裂く夢に夜半醒めてただしみじみと悲しんでいる

昼ふかみ列車の床の光る塵眠る客にも混じる化生ら

やさぐれた貌をしている街並みを見下ろす列車にありて疲れる

鈍行を降りがてふとも引き返し飛蝗《ばった》一匹連れてきたれり

猫の来てまた猫の来て猫の来て昼寝のソファを抜け出せぬかな

生来の貧乏性は地球にも借り物をして生きる心地す

街路樹がきらきらほうと黄葉《もみじ》していらないものとついてくるもの

姿勢よく腰掛くるとき女なり躯をつらぬきて地を向くおそそ

颯爽と歩いたこともある道だ今日はとほほと行くことにする

マンホールの蓋はただいま修理中忘れたふりは憶えている故《せい》

猫が検見する

取り返しのつかない事を日毎なし炎天のあとにやはり来る秋

節季ごとにひと坪ずつを手に入れる計算となる終いの棲み処は

姑のため設え直し整えば仔細らしくも猫が検見《けみ》する

生前が生るる前のことならば今日のすべては誰かの生前

夕さればおいとましますと出る人と道行き行きつおもしろきかな

羊羹のへりの赫味や人生はどのあたりまで　包丁入れる

囲炉裏とか日溜まりだとか温き名の車輛に回収されゆく老い人

すじ雲は天の肋骨あとひとり悲しい巨人がうつ伏している

春に植え秋に主なき向かい家のランタナ軒まで葉は届きたり

まなかいの杜を叩いて降る雨のもうすぐ終わる暑き十月

立冬の机《き》の面《も》冷たし夏服で微笑んでいる写真立ての子は

向こうより頸を傾げて見遣らるる笑みを含みて　殆んどのとき

蒼天につと留まりぬしら鳥のやがては行く方定めて去るべし

与願の右手

嬉野や人の通らぬ道もあり廃墟の彼岸に花の咲く庭

御仏の与願の右手大きかり萩の零るる観世音寺に

引き潮の河口に鳴は七八羽兄の家まで駅よりの道

べにいろの鷗のみずかき三角の中洲新橋東亜の真ん中

らしすぎてコスプレみたい〈料亭〉と書くまでもない中洲の料亭

霜月のはしり時雨のあめの粒セーター一枚薬臭くて

亡き猫は二日の後に夢に来てつねのごとくに尾を振りて去る

ブー・フー・ウー今もどこかにいるかしら家庭内実力者《キー・パーソン》は末の弟

当期売掛帳を開くときまざまざと砂利道を行く父のトヨタクラウン

崖下の戸尾《とのお》市場は迷路めくわが忘れ物きっとまだある

マリアナ《マリアナ》海溝は深海の雪降るところその一片《ひとひら》に祖父います

わが影もわれも渡りしことのなき佐世保海軍橋に近づく

龕灯返し

茫漠たる消費の質量《マッス》立ち上がり求めるものの名を失えり

路地うらを迷いまよいて行くときに思わぬ高さの一枚の空

購入《かいもの》と廃棄《ごみすて》の較差《こうさ》が生活の嵩であるかな　微かな私

本棚の本の被れる綿埃生きている本死につつある本

時どきに読み返す本あるときは昔のわれも現れて読む

少女期に置き忘れたるいくつかに〈赤毛のアン〉の表紙の手触り

年若《としわか》が懐旧の短歌《うた》詠む頃かふと足元を掬われており

捨てられたペットボトルの浄水に混じることなく夜の雨降る

美しき林檎の皮を剝き食してすなわち残る赫き余剰か

雨の字に収まらぬ豪雨もっとこう激しき文字に書きたきものを

ひよひよと形をなさぬ短歌ゆえシャッターチャンスのように捉える

毛筆に書ける言の葉ぬばたまの嘘やまことが黒ぐろ生るる

片設くとよろしき言葉のある邦に龕灯返しにくる秋の暮れ

冬

遮断機

寝を寝ては闊達ならんと思えども小銭数うるごとき夢見き

今ちょうど並行世界《パラレル・ワールド》のわたくしも明かりを消すころ鰭を伸ばして

寂しさと煩わしさを天秤に掛くればおおむね負ける寂しさ

幼きが蟻の巣穴に見入るごと深く夢中に生きてもがもや

臆病は怠慢であると繰り返し繰り返しつつシャツは畳まる

齢《とし》ごとに恥掻く形は違うらし今日遮断機に頭《こうべ》打ちたり

冬の陽が照りつ翳りつ移り行く落ち着きなさいと云われて中年

霜月も緑《あお》きの残る木香薔薇《もつこうか》乾いた音に風の触れ行く

くるくると回る輪廻は北むきの窓を曇らせ煮らるる林檎

料理酒を滴らして煮込む冬野菜ポトラッチとう事かつてありたり

寒鴉おまえも圭角棄てきれず尖ったものは一応きれい

てにをはを入れ替え差し替え左見右見《とみこうみ》日暮れに摑む一行の短歌《うた》

人生を折り返したはいつのこと歩いた道を辿りて戻る

ローマンチック

ぽっちりと笑い顔した日本猫吾《あ》が魂喰いて箱座りする

「トモダチ」は貨幣のごとく流通す財布の中を確かめてみる

腹太き輸送ヘリコプター見上げたり軍靴の蹠吾《あうらあ》が上を行く

ああ綺麗ローマンチックと云うために縛りあげられ梢輝く

かの男の子いっとう汚き顔をしてわれに笑まいすその笑みぞよき

道の面《も》に砕けて散れるガラス瓶存在せざるものを忘れつ

背《そびら》より雨音を聴く冬の夜後ろ身頃がすこし溶けだす

今日の今日またささやかに失敗す冬のみどりの穭田ばかり

平凡はたくさんだから価値がない沢山のもの日ごと滅びる

脈略もなく思い出すたとえばカール・ハイアセン珍獣遊園地

かつてこは一本きりにてはべりしをテレビの廻《めぐ》りの多《さわ》なる電気配線《コード》

家を建て衾《ふすま》を被り寝衣を着てひとはようよう睡りにはいる

冬木立ち

夢に見る生まれし家は伸び縮み廊下の果てに光る庭見ゆ

寝入り端はすいっと横に曳く感じ木枯し走る月のない夜

くぉんぐぉんとMRIに撮られれば扉《と》を開け頭蓋にはいり来る人

ははそはの母をずっくり座らせて髪刈り了える夫の休日

ぬばたまの鴉にもある私生活　親というものの変容様様

寒の夜も密かに伸びる病む人の爪の形のすぐれて潔し

病む人の去りたる後《のち》は濯ぎもの少なくなりて干し場明るむ

人静かに死にゆく家の軒先に干割るるままの冬釣忍

梯子掛け外灯ひとつ換えている夫は母亡き息子となりぬ

嫗ひとり逝かしめしこと歌に詠みアリバイのごと佇てる吾かも

無花果の忘れ実残る十二月存在すれば朽ちるまで在る

冬木立ち枝の向こうに枝がある空を泳いで還るふるさと

笛

訪問介護員《ヘルパー》ら殺気を帯びて出動す大寒気団到来の朝

かぜのとの遠きサイレン聴けばまず地図を取り出す利用者宅《クライアント》の

病む姑の足の辺に寝る老い猫に毛布掛け去る介護ヘルパー

「むりむりと立派な安産」訪問介護員《ヘルパー》の弾んだ声は雲古の報告

保管義務五年間とう書付が古文書となる千年ののち

冬の日ももぐれば暖《ぬ》くき普請場の削り木屑の山に遊びき

事務員に左官はあれこれ尋ねおりプリントアウトの微調整法

夫好む作業服《ブルー・カラー》の懸念なさ緊急修繕こよいも出て行く

氷雨あけうす日射す道濃紺の BEETLE とう名の塵芥収集車《しゅうしゅうしゃ》行く

その高さ十丈余りコンクリートの高架に到る鉄の階段

見習いの車掌の鳴らす笛鋭《と》くて列車は冷気の中を発ちたり

小寒のプラットホームの潦またの日には香格里拉《しやんぐり・ら》に降る雨

新しきもの作る音嫩き声仕事始めの普請場に沸く

豊宇気毘売

一桝に一本納まるビール函デスペレートにも準備は必要

わが宿の北窓に雨の降るときは南も雨と猫に教える

コールセンター語と名づけてみんか過剰なる敬語あやつる電話の女

草枕旅行く人のふりをして菓子など購えり博多駅ビル

家並みの間に見い出す池の面の昨日も今日も未だ行かざる

背表紙の饒舌に並む書肆に来て九割五分までわれに縁なき

都市バスの後部席から見るときに人みな持つは後頭部なり

何事か購うときに鈍色のリボンのごとき長き郷愁

デパートに整えられたる若菜かな購うべきものと今に気づかず

夕焼けの彩すいすいと透きとおる家路を異郷のごとく辿りぬ

夕ざれのこころ忙しき四ツ辻を豊宇気毘売《とようけひめ》が向こうから来る

買い物をする女として帰りきてまだ終わらない私の散歩

昭和の猫

鵲《かちがらす》 力を込めて翔ぶときは脚を揃えて真っ直ぐ伸ばす

いをいをと警察車輛《パトロール・カー》の哭き行きて霜月にわかに冬さびてくる

夜の部屋に灯かりは黄色く満たされてたぷたぷ揺らす窓の硝子を

日本髪のおんなふたりを送り出し明かりを落とす除夜の美容室

冬晴れの錆びたトタンの屋根のうえ昭和の猫のように寝ている

援軍のなき冬の陽の寂しさや皇帝ダリアひと叢揺れる

なんとなくがっかりとした心もち葱の葉先はぴんぴん青い

東へと向く石段《いしきだ》に鳩たちの躯ふくらむ極月の朝

数え日の朝の魚店《うおだな》水打たれ数の子生牡蠣並べられゆく

鏡餅うら白譲り葉橙とプラスチックを重ねる歳旦

大陸の茶毘の煙も伴いて睦月の博多に霾るま昼

日本に人は余るか足りないか正月三日の三越うら側

ははそははの母の調う昼食のやや黴臭き水餅の味

Ⅱ

喫茶〈懐旧〉

天候の決まらない夏炎天を悦ぶような葉月ひと日に

馴染みなき街を歩みて見い出せる喫茶の店の面取り硝子

〈本日のランチ〉の貼り紙野暮たくてむかし流行った煉瓦のタイル

カウベルを背に聴き足を踏み込めばかつて馴染みの喫茶店《みせ》に入るごと

しつらえは暗赤色の別珍の浮き織り花柄椅子の擦り切れ

黄ばみたる灯かりの下の懐かしさやや草臥れた座り心地は
意地のように無為を怠惰を浪費したあの頃にも頼んだ珈琲
肝心な珈琲の味うまけれど旨すぎなくて主役を張らない

マスターはカウンターのなか鎮もりぬサイドメニューに〈時間〉あります

テーブルの向かいの席は空っぽでそこに座っていた人のこと

後ろ手に扉を閉めて夏の日の旅から戻る心地の陽射し

蟬のうかつさ

入道雲《にゅうどう》の処得たりと聳えたる那の津七月十五日の昼

窓の辺に涼風よろこぶ仔の猫のぺったり座ったお臀のかたち

梅雨明けは今朝十時過ぎさあやるぞとそんな感じに光る天拝山《てんぱい》

うっかりと台風の朝生まれたる蟬のうかつさ軒下に鳴く

緑陰のいや麗しきマンションの中庭に来てわれは異人《まれびと》

毀たると聞きしは夢か眼鏡磐とおき谺のようなその場所

片づかぬ思い解かるることもあり女に本を読むとう愉悦

かろうじて裸ではない夏の服ことしは着ずて夏は過ぎたり

気とともに水をも息に吸うような白雨葉月にあなどりがたし

夜の更けに秋は始まる途切れつつ瀬踏みのように鳴くきりぎりす

短歌なんぞに

無花果の木下の薫り重たくてむかし木下に目覚める男

永く永くあなたに逢っていないので貴方はながく私に逢わない

天ノ津の神社の鳩の箱座り偶然にあるサンクチュアリは

ベランダに沈思黙考するばかり大地も天も忘れて自転車

「占有空間は残生時間に比例する」この計算で生かされている

優しさの持ち合わせは世間並み使うに足らず短歌なんぞに

雨の日の湿気は肩にじいわりと確か子供を産み棄てたはず

石突きを求めに行きて丸き瞳《め》の売り娘《こ》に哀しく見返されたり

「ガタイがいい」ってこういうことだ消防官採用試験会場の前

たった今包装剝かれて来たんだな戦さに向かえ白き膕《ひかがみ》

すんすんと答え解きゆく若き者わたしの時間は平べったいよ

梅雨明けは年寄りじわじわ湧いてくる商店街のすずらん外灯

ちくちくと超ミニ・サイズ階層社会《ピラミッド》つぎつぎ生れて始めよ行進

訂正のメモまごまごと書くときにそも労働に相応わぬわが掌

猫だもの働くはずない使えない猫型クリップ猫型ふせん

壁の面にくいと捲かれて庭ホースちかぢか働く待機のこころ

街騒《まちざい》を遠きにありて恋しめば熱り立つかなビルや道路は

県道にあまた車を走らせてもういらないね人というもの

十月颱風

二度目ならものの馴れたることなどもいくらかはあり夫の親の死

親の死は二回までが普通にて初めてのこととお終いのこと

〈おくりびと〉みたいなことはそうはないS君云えりG葬儀社の

朝羽ふる風に揉まるる木の枝の誰にもひとつは云い分がある

ぱたぱたと片付け廻る人よそに猫の三匹重なり睡る

銀杏の潰れ実の香も濯がれて十月颱風すぎたる朝

「労働力の再生産」社会科の授業にききしは家庭の役目

日ごろ乗るバス終点まで乗り行けば名のみ知りつる塔の足元

鮮あざと地上見晴らす塔に来ておもしろからず正論とうは

待つ人はあらざる家路の愉しさよ徒歩《かち》あるきに行く草臥れるまで

ぼうぼうと苦情を云うのは猫ばかり背の君にこそ不足なければ

しんしんと虫の音拡がり地の面はしだいに低くひくくなりゆく

月蝕も流星群も望月も見ずにすごして夜の平らか

火星地球化計画

宝籤当ればば嬉し当らずも当れることを思いて愉しや

小春日と呼びたき師走陽の射してものみな光る庭に来ており

鈴懸の落葉は巨《おお》き東京の真中にありて人あらぬ場所

踏む人のなき落葉かな訪人《まれびと》はここぞと音たて念入りに踏む

こちらから見る鈴懸は錆色の残り葉まとい鴉が似合う

誂えたように飛び交うくろどりの鴉おりおり口あけて鳴く

人かなと云う貌をして猫の出て何もなければ茂みに戻る

溢れたる紅葉黄葉を見尽くして少しくわれを置いてきたれり

はつかしの森垣岳背な伸ばし立ち姿よし先生なれば

云うなればやや重力の傾ける場所にあるごと眩暈いたせり

入穿《いりほが》のごときを詠《うた》うことなかれ日本の言葉に敵わぬわれぞ

善き事も悪しきことまで云いくれるこれぞ全けき幸いとする

窓の外に梢掠めてゆるゆると都電荒川線のよろしさ

幼らの見よと持ちくる数多なる変身玩具の精妙さはや

その児らの兄に手向ける蠟燭はラムネの瓶の形の細工

「ガス栓を閉め忘れて出たような」亡き児の父は今もふと云う

生き延びて何に逢うべしあからひく火星地球化計画恋しき

懐かしき絵画の前に思うかな今を捉えて残す人あり

一斉にこの人たちが何処かへとゆめ向くことのなかれ新宿

風邪の日

朝には冬の陽あつめ店さきに林檎一顆は輝いてある

街路樹はもう枝ばかりこの年の公孫樹も歩きはじめることなし

烈風の磨きあげたる冬の空雲の輪郭鋭しと見る

古着屋に中古家財の店ならびご近所いつしか倹《つま》しき通り

辻占を聴くがごとくに道を行く覚悟の足らぬ私である

どの家も鬼一匹を棲まわせて夕べのあかりの色のなつかし

とつとつと歩み続けて右ひだり風景事象は置き去りにせり

幼な児はもの食うことに慣れなくて一意専心もの食うかたち

寒くなくひもじくなければそれでよい　とは云いきれず小人として

四肢のさき集めたうえに鼻先も尻尾も寄せて睡れるやこれ

しむしむと霜月の夜は夜具のなか世界と向かいあうように寝る

体温がからだの外にあるような熱にくるまれ睡る風邪の日

日本は何に溶けていくでしょう褻の日晴れの日にぎやかに来る

高良山

弟の通いし小学校の前　幼き君を永く忘れき

高良山石の鳥居の登り口その貫《ぬき》むかし壊せし人よ

同窓の男らリタイアする話さびさびと聴く初冬の昼

悟れねど悟り澄ました風などは身につく年頃　紅葉は終わり

「快適な暮らし」こそせんそのために命惜しまぬ人とはなりぬ

生き方の標《しるべ》うるさし掌を返すごとくに明日が変わる

思い出に手入れをしつつ危うかり鮮やかすぎる残像あれば

封印を破るごとくと思えどもカサブタ捲ってみたほどのこと

筑後川の流れおおどか見晴らせる茶店に座りほかに人なし

高処より見る街並みのそちこちに歩む私の姿も見える

「人類はまだまだ滅亡しないでしょう」まだの間に生きる人はも
思い出の場所はむしろ恥ずかしくしまらく云えぬ微笑ましとは

跋

石川幸雄

〈理想語辞典〉連想語辞典をよみちがえしばし思えり理想の単語

「〈理想語辞典〉」三百首は、平成二十六年第二回現代短歌社賞の次席となった。五名からなる選考委員の得票数では三番目に位置する。

本歌集『〈理想語辞典〉』はⅠの三百首とⅡの九十六首で構成され、Ⅰは次席となった作品を元に再構成している。山中もとひのうたは一首独立を堅持する。特に本歌集のⅠは春夏秋冬に章立てされているから歌集を実際の季節に合わせて繙くのも一興だろう。

「現代短歌十二月号」（平成二十六年）に掲載された選評において、一位に推した安田純生は、「おかしさやユーモア感覚のある歌がところどころにある」、「土地への愛着というか愛情が一貫して流れている」とし、三位に推した雁部貞夫は、良い点はあるとしながらも悪い例として名詞の動詞化を指摘して「荒っぽい」と評した。春日真木子は、「文字の拘りもあり、オノマトペも類型ではない」としながらも、それが目立ちすぎると危ういとし、沖ななもは、「才があって意欲的だが少し力み過ぎ」と評した。いずれの言も、現段階での山中の短歌を的確に言い当てている。なお「次席」には一つの特徴とも言うべき性格があって、塚本邦雄が「次席の華」（『殘花遺珠』）なる一文をもって端的に著している。

受賞作・次善作はマークシート方式の試験の結果のように点数の多少によって決まるものでも、決められるものでもない。怖るべき主観の格闘の結果、時には悪デモクラシズムの制する結果で決まることすら稀ではない。少数派は時として犠牲になる。作品に即するならば、才気煥発型、特異な個性美学の持主、技量卓抜に過ぎて選者を鼻白ませる者、これらはまず敬遠される。(出典は歴史的仮名遣い・正字)

先達の論評、警句を紹介したが、この次席の華に相応しい『〈理想語辞典〉』が多くの詩精神ある読者を獲得することを願ってやまない。

山中は、ぼくが共同代表として立ち上げた詩歌探究社「蓮」の創刊に参加してくれた友人の一人だが、彼女の来歴を詳しく知るわけではない。元日生まれゆえに「もとひ」と命名されたこと、夫がいること、多くの猫と暮らしていること、読書家であることなどを知る程度で、この一巻を運良く手にした読者と大差はない。

七、八年ほど前になろうか、たまたま短歌同人誌「飈」を手にした友人が、「石川の短歌が取り上げられている」と一枚のＦＡＸを送ってくれた。そのエッセイには、「私は石川幸雄という人の〈いつものを待つラーメン店の日曜日タンカナンカがココロにはある〉が好きです」と書かれてあった。しかも第一歌集の片隅に載せた、褒められたことのないうたである。筆者は「山中もとひ」といった。星の数ほどある短歌の中から選ばれた昂揚感もあって、すぐさま当時の「飈」代表であった久津晃氏に、「歌集を送りたいので連絡先を教えて欲しい」と連絡を取り、知友を得ることとなったのである。

山中から初めて届いた手紙には、今にして思えば年齢に似つかわしくない丸っこい文字で、短歌とエッセイを「飈」に書き始めて間もないこと、気に入った短歌があるとノートに書き付けていることなどが記されていた。つまり山中は同人誌「飈」で短歌を始め、現在に至るまで結社に所属したことがない。彼女の自由奔放なスタイルはこのような環境で生まれ、育まれて来たのだ。似たような境遇で短歌と向き合っていたぼくとの物語は、書簡と所属誌のやり取りばかりであったが、その邂逅を素直に悦びたい。

白昼のゆめのごとくに夜の夢まこと夜半には発光する猫
この冬を生き延びいたる縞猫が溶けたるように日溜りにいる
ことさらに顔をこちらに運びきて納まりかえるを猫と云うなり
猫の鼻あまり冷たくない朝買いにいでたり春の絵はがき
頭より尾の先までが尺四寸晩夏の猫は一文字に寝る
咲きさかる桜に万のまなこあり視線《まみ》の深さの花翳りかな

前半の作品から抽いたが、猫が頻繁に登場する。犬や鳥、鳩などもいくつか詠まれてはいるが、「発光猫」や「縞猫溶解」などを始めとして質でもそれらを圧倒する。六首目の「桜の視線」という発見さえ、結句の〈花翳り〉から、「屈み聞く猫の言い分花翳り」（和田浩一）という句が導かれる。猫と山中との関係性は、本歌集を読み解く鍵ともなろう。

渡るかもしれない人のためにある歩道橋をひとり渡れり
月ごとの予定組まるる介護保険予定どおりに生きなさいよと
つづまりは好きと嫌いでわけて行く獣の命夏服の柄
背表紙の饒舌に並む書肆に来て九割五分までわれに縁なき
都市バスの後部席から見るときに人みな持つは後頭部なり

現代短歌が詩の範疇にあることは言うまでもないが、詩の要素をごく簡単に説明すれば発見と飛躍であると言える。日常生活において見過ごしがちでありながら、読者が共感でき得る情景がシンプルに表現されている。

どうしても思い出せないそのひとつ宇宙遊泳のキックのコツなど

わからないもののひとつに鶴亀算なにことさらに脚を数える
雑踏を財布を忘れた身で歩く何も購わない自由さで行く
ていねいに包みを開いてゆくようなそれはわたしの残りの時間
永く永くあなたに逢っていないので貴方はながく私に逢わない

山中のこの辺りの作品を見ると口語脈を文語脈に収めるといった作り方をするように見える。詠い上げるために文語を駆使したり、奇を衒うために口語を使ったりしない。文法は少々危うい ところもあるが、何より自分の歌風をものにするなどということは念頭になく、仮に歌風が確立できたとすれば、その時から退嬰が始まることを山中は知っているのである。ゆえに、山中短歌は、ある一面を切り取り「このようなもの」とひと括りにはできない多面性を持ち、その表現手法の幅広さによって摑みどころがないものなのだ。

愛情の波及範囲《キャパシティー》はどれくらい霾る街の空の低さよ
ひさかたの光通信召せという電話の声のたずたずしき　春
五月蠅なす荒ぶる雨の撃つ道をコンビニ弁当庇い走れり
草枕旅行く人のふりをして菓子など購えり博多駅ビル

生き延びて何に逢うべしあからひく火星地球化計画恋しき
新しきもの作る音嫩き声仕事始めの普請場に沸く

少々強引なルビや漢字表記の拘り、あえて取り入れたかに見える古語や枕詞は山中短歌の特色と言える。現代仮名遣い表記を信条とする山中にとって、有利に作用しているとは言い難いが、自らの有利不利という物差しではなく、あり余る才を遺憾なく発揮し尽くしてやろうという意気を感じるのである。六首目の〈嫩き〉や〈普請場〉が、容易に理解され難いとしても、〈新しきもの作る〉は山中の短歌に対する覚悟に通じている。〈普請場〉とは「普請をしている場所。工事現場。建築現場。」である。

冒頭に紹介した選評で、触れられることのなかった山中の生活者としての一面に、ここから少し寄り添うこととする。

当期売掛帳を開くときまざまざと砂利道を行く父のトヨタクラウン
事務員に左官はあれこれ尋ねおりプリントアウトの微調整法
夫好む作業服《ブルー・カラー》の懸念なさ緊急修繕こよいも出て行く

夫を詠んだうたは多くないが、夫妻は営繕業を営んでいるそうだ。ものづくりを生業とするぼくはより一層、彼女たちに親しみを覚えるのである。

請求を三件出して台帳を夜盗のごとく閉じて終えたり
コールセンター語と名づけてみんか過剰なる敬語あやつる電話の女
猫だもの働くはずない使えない猫型クリップ猫型ふせん

職人たちが仕事を仕舞ったあとの薄暗い蛍光灯の下、〈夜盗のごとく〉台帳を閉じる。また忙しい最中に限ってかかる営業の電話の女の声を疎ましく思う。時には「猫の手も借りたい」こともある三首目。いずれも実感として伝わってくる。

誘導棍斜めに差し出しはつらつと指示する女の警備服よし
風まきてふたたび兆す横雨か天を見上ぐる警備の三人
日本髪のおんなふたりを送り出し明かりを落とす除夜の美容室

いわゆるブルーカラーや職人への視線は山中の暮らしが生み出すものだ。

囲炉裏とか日溜まりだとか温き名の車輛に回収されゆく老い人

ははそはの母をずっくり座らせて髪刈り了える夫の休日

梯子掛け外灯ひとつ換えている夫は母亡き息子となりぬ

嫗ひとり逝かしめしこと歌に詠みアリバイのごと佇てる吾かも

生者にとって死は避けられない。夫が母親の髪を刈る光景から、同居している母との関係性や夫の人柄まで知ることとなる。母を亡くした日ですら、夫として、会社の長としての役割は途絶えることはない。山中はそんな夫の姿を痛ましく見つめたに違いない。言葉にできない心の在り処として嫗を詠い、それをアリバイとする他はなかったのである。

「むりむりと立派な安産」訪問介護員《ヘルパー》の弾んだ声は雲古の報告

二度目ならものの馴れたることなどもいくらかはあり夫の親の死

親の死は二回までが普通にて初めてのことお終いのこと

一緒に暮らした夫の親を二人とも見送ることとなった。介護の苦労をことさら声高に詠わないからこそ、それは如何ばかりであったかと思いを致す。特に一首目はヘルパーの雲古の報告に安堵し、またヘルパーへの感謝までが伝わる一生活者のうたである。あくまでも淡々として描かれる風景だが、山中のうたはありふれていない。

武藤寺《ぶぞうじ》の心の字池に小亀浮きさかんに掻けどいかな進まず
さきくさの那珂川渡る黴雨の日の雨に膨らむ川を雨打つ
桟橋の戦艦だけがオプションです　瑠璃照り返す九十九島は
御仏の与願の右手大きかり萩の零るる観世音寺に

現代短歌社賞で山中を一位に推した安田純生が、「土地への愛着が一貫して流れている」と評したようにこれも特徴として挙げられる。山中は佐世保に育ち、博多に暮らす。当然のことながら、旅行者が道すがら詠む感慨とは異なり、その地名、固有名詞に手応えがある。〈武藤寺〉は九州最古の寺と言われ、「中を導く枕〈さきくさの〉」で始まる〈那珂川〉は中州を形成し、博多湾に注ぐ。〈九十九島《くじゅうくしま》〉は佐世保の島々が点在する海域のことで日本一の島の密度を誇る名勝。〈観世音寺《かんぜおんじ》〉は大宰府の九州を代表する古寺である。他にも水城防塁《つつみ》、嬉野、大城《おおき》山、戸尾《とのお》市場、佐世保海軍橋、那の津、天拝山、高良山、筑後川などの固有名詞をわがものとして、詩的にそして自在に操り、活かすことに成功している。

ぱたぱたと片付け廻る人よそに猫の三匹重なり睡る

ぼうぼうと苦情を云うのは猫ばかり背の君にこそ不足なければ

しんしんと虫の音拡がり地の面はしだいに低くひくくなりゆく

とつとつと歩み続けて右ひだり風景事象は置き去りにせり

しむしむと霜月の夜は夜具のなか世界と向かいあうように寝る

跋が「その来歴や編著の感想・次第などを書き記す短文」である以上、本歌集の後半に収められたこの数首について指摘しておかなければならない。共に初句がオノマトペ的な役割を果たし、作りがごく似通っている。連作中に、あるいは歌集の構成上、似たような形の作品を近くして並べてしまった安易さを本人は自覚するべきであろう。

買ったきり行く方《かた》知れずの剃刀が夢に出てきて夜《よ》を睡らせず

電柱の陰に日を旧《ふ》る自転車に目撃譚を問い質したり

吾に似ぬ幼きわれは草に座し吾に似る父かたわらに笑む

生前が生るる前のことならば今日のすべては誰かの生前

立冬の机《き》の面《も》冷たし夏服で微笑んでいる写真立ての子は

いずれも佳作であり、山中の息遣いを感じることができる。知識があり、感じがある。特に最後に抽いた〈写真立ての子〉はぼくの命に触れてくる。

日々革新されるべきはずの現代短歌でありながら、ぼくが目にするものは生活に即し、現実を定型に乗せ、製作年代順に短歌を並べ、ともすれば作者の人生を覗き見するがごとき、記念誌的な歌集が大半を占める。ぼくはそういう歌集に短歌の本質を見ることがあるし、心を撃ち抜かれることもあるが、本歌集はその類とは一線を画する。短歌が私性《わたくしせい》と切り離し難い文学である以上、読者が自らの奥底で無意識にも問われ続けることは、「山中もとひとは一体何者なのか」ということである。その答えは次のうたに用意されている。

冬晴れの錆びたトタンの屋根のうえ昭和の猫のように寝ている

「飈」誌上で目にした時にも注目した作品である。一読すれば、「トタン屋根の上に脆くとも強い冬の日差しを浴びて昭和の時代の猫が寝ている」と、読み解くことができる。しかし、実は〈昭和の猫〉のように寝ているのは山中本人である。このような突拍子のないこじつけの裏づけも本歌集に見つけることができる。

尨猫は堅忍不抜の男伊達ついて行きたしわが尾を立てて

さわさわと塵芥埃を掃き出してかつて私や猫でありつる

「男伊達の尨猫」に〈わが尾を立てて〉ついてゆきたいと言い、〈かつて私や猫でありつる〉と言いきる。これらは単なる詩的感傷ではなく、山中が猫の化身なのか否かは置くとしてもポーズではない。ある意味、区切りのよい還暦を来年に待たず歌集を出版するという潔さも、決してポーズとは呼べまい。気まぐれな猫の成せる業でもあるのだ。

平成二十七年如月

あとがき

短歌とは、おそろしいものだと思います。どんなに格好をつけてみても、読む人が読めば、必ず了見が顕れるのです。どうしてこんなことを続けているのか、自分でもわからなくなったりいたします。

わたくしは、短歌について初心者以下でありました。それが、偶然にも山埜井喜美枝の短歌講座に迷い込み、やがてその夫君、故久津晃主宰の「飈」短歌会の末席に加わりまして、久津、山埜井、それに青木昭子を始めとする諸先輩から、惜しみない薫陶を戴き、そしてその縁から、後日、詩歌探究社「蓮」の代表となる石川幸雄や森水晶と交友を持つこととなりましたのは、わたくしの短歌にとって、この上ない幸運でありました。

またこのたびは、平成二十六年第二回現代短歌社賞におきまして、次席という思わぬ高い評価を戴きまして、望外の喜びでございます。

表題にとりました、

〈理想語辞典〉連想語辞典をよみちがえしばし思えり理想の単語

は、自分では、言葉とはおもしろいものだなあ、という短歌だと考えております。また、ほかの作品にしましても、それぞれの対象は違え、共通のテーマは「言葉のおもしろさ」であってほしいと思っています。

今後は、もう少し「よい」短歌を詠むことができるようになればと、願うばかりです。

現代短歌社賞の選考者であられます春日真木子先生、雁部貞夫先生、外塚喬先生、沖ななも先生、安田純生先生には、お礼の言葉もありません。

最後になりましたが、出版の機会を与えて下さいました、現代短歌社の道具武志社長、今泉洋子さま、表紙写真を提供してくれた中野裕くん、ありがとうございます。

平成二十七年如月

山中もとひ

歌集〈理想語辞典〉

平成27年5月1日　発行

著　者　山中もとひ
〒812-0894　福岡市博多区諸岡4-5-24
発行人　道　具　武　志
印　刷　㈱キャップス
発行所　**現代短歌社**

〒113-0033　東京都文京区本郷1-35-26
振替口座　00160-5-290969
電　　話　03（5804）7100

定価2500円（本体2315円＋税）
ISBN978-4-86534-086-0 C0092 ¥2315E